Straßennamen

W0298799

Durchführung:
Die Schülerin oder den Schüler das Schülerheft aufschlagen lassen. Seite 1 laut lesen lassen, mit Zeitnahme. Jedes – auch nach einer Wiederholung – richtig gelesene Wort wird angekreuzt.

Lesezeit: _______ Minuten _______ Sekunden

- ☐ Osasteig
- ☐ Oschatzer Ring
- ☐ Wolzogenstraße
- ☐ Alte Mühlackerstraße
- ☐ Arbentalstraße
- ☐ Albisriederplatz
- ☐ Anwandstraße
- ☐ Binzmühlestraße
- ☐ Erligatterweg
- ☐ Hegianwandweg
- ☐ Katzenschwanzstraße
- ☐ Magdalenenhofstraße
- ☐ Münchhaldenstraße
- ☐ Vogtsrain
- ☐ Ichenhausen

Fremdwörter

Durchführung:
Seite 2 laut lesen lassen, mit Zeitnahme. Jedes – auch nach einer Wiederholung – richtig gelesene Wort wird angekreuzt.

Lesezeit: ______ Minuten ______ Sekunden

- ☐ Subskribent
- ☐ bonitieren
- ☐ Marsupialia
- ☐ Responsorium
- ☐ Ramifikation
- ☐ Komptabilität
- ☐ substituieren
- ☐ Duodenum
- ☐ Provenienz

Arbeitsanweisungen

Durchführung:
Auf die Doppelseite 3 und 4 umblättern lassen.

Als Anleitung sagen:
„Du brauchst mir diese beiden Seiten nicht vorzulesen.
Lies die Aufgaben und Sätze selbst so, wie es für dich am besten ist, laut, leise oder halblaut.
Dann versuche, die 3 gestellten Aufgaben zu lösen."

Hier ist mehrmaliges Lesen möglich, es erfolgt keine Zeitnahme.

Bei den Aufgaben 1 und 2 sollen die Angaben selbstständig gelesen und umgesetzt werden. Bei der Aufgabe 3 kann, wenn nötig, Hilfestellung für das Verstehen der Anleitung gegeben werden. Lösungen erst nach dem Test aus dem Schülerheft hierher übertragen.

1 Wenn es Herbst ist, fallen bunte Blätter von den Bäumen.

Maximal 5 richtige Lösungen. (Einzelne falsche Unterstreichungen werden nicht gezählt. Sollte aber jemand alle Wörter unterstreichen, so gilt es als „null richtige Lösungen".)

Anzahl der richtigen Lösungen markieren:

0 1 2 3 4 5

2 Wenn ein ✓ Hund den Kopf schief ✓ hält, will ✓ er spielen ✓ .

Maximal 7 richtige Lösungen. (Einzelne falsche Lösungen werden nicht gezählt. Sollte aber jemand alle Wörter unterstreichen oder anhaken, so gilt es als „null richtige Lösungen".)

Anzahl der richtigen Lösungen markieren:

0 1 2 3 4 5 6 7

3 Als richtig gelöst gilt eine Zeile, wenn sie entsprechend der Vorlage keines, ein oder zwei Kreuze hat. Richtig gelöste Zeilen im Kästchen ankreuzen!

In der Hauptstraße wohnt die Familie Meier mit dem		☐
zweijährigen Stefan, der siebenjährigen Susanne und dem	X X	☐
neunjährigen Andreas. Daneben lebt die sechsjährige Anita	X X	☐
mit ihren beiden jüngeren Brüdern. Gleich neben der	X X	☐
Schule wohnt Elisabeth, die in die erste Klasse geht und ein	X	☐
Einzelkind ist. Gordana, die Tochter ihrer Nachbarin, geht	X	☐
in dieselbe Klasse. Die freundliche Frau Elrad hat ein Haus		☐
auf dem Hauptplatz. Sie hat gerade Zwillinge bekommen.	X X	☐

Klett Diagnostik

Eva S. Adler | Maria Götzinger-Hiebner

LeSek 7–9

Lesetest Sekundarstufe
Schülerheft

Name ....

Klasse ....

Datum ....

Klett

Straßennamen

Osasteig

Oschatzer Ring

Wolzogenstraße

Alte Mühlackerstraße

Arbentalstraße

Albisriederplatz

Anwandstraße

Binzmühlestraße

Erligatterweg

Hegianwandweg

Katzenschwanzstraße

Magdalenenhofstraße

Münchhaldenstraße

Vogtsrain

Ichenhausen

Fremdwörter

Subskribent

bonitieren

Marsupialia

Responsorium

Ramifikation

Komptabilität

substituieren

Duodenum

Provenienz

Arbeitsanweisungen

1 **Unterstreiche im folgenden Satz alle Wörter, die nicht mehr als vier Buchstaben haben:**

Wenn es Herbst ist, fallen bunte Blätter von den Bäumen.

2 **Hake im folgenden Satz alle Wörter, die ein „i" enthalten, an (so: ✓) und unterstreiche alle Wörter, die einen großen Anfangsbuchstaben haben:**

Wenn ein Hund den Kopf schief hält, will er spielen.

3 **Unterbrunn ist ein kleines Dorf, in dem einige Kinder leben. Du sollst herausfinden, wie viele es sind. Zeichne für jedes Kind, das im Text vorkommt, ein X an den Rand der Zeile.**

Das sieht dann so aus:

Im Haus Nummer 7 wohnen Elvira und Eva, **X X**

der siebenjährige Hans ist ihr Nachbar. **X**

Jetzt lies den Text durch und setze selbst die entsprechenden X an den Rand:

In der Hauptstraße wohnt die Familie Meier mit dem
zweijährigen Stefan, der siebenjährigen Susanne und dem
neunjährigen Andreas. Daneben lebt die sechsjährige Anita
mit ihren beiden jüngeren Brüdern. Gleich neben der
Schule wohnt Elisabeth, die in die erste Klasse geht und ein
Einzelkind ist. Gordana, die Tochter ihrer Nachbarn, geht
in dieselbe Klasse. Die freundliche Frau Elrad hat ein Haus
auf dem Hauptplatz. Sie hat gerade Zwillinge bekommen.

Texte

Text 1

Vor einigen Jahren kam es in einer großen Stadt in Holland zu einem aufsehenerregenden Überfall auf einen Supermarkt. Kurz vor Ladenschluss kamen zwei späte Kunden in den Laden. Einer der Männer hielt sich bei dem Kühlregal mit den Milchprodukten auf, als ob er Joghurt oder Käse kaufen wollte. Der andere lief durch den Mittelgang nach vorn, bedrohte die Frau mit einem Revolver und sprühte ihr Tränengas ins Gesicht. Danach schnappten die beiden einen dick gefüllten Sack aus Kunststoff, der sich unter der Kasse befand, und liefen davon. Als sich die Kassiererin von dem Schreck erholt hatte, rief sie die Polizei. Der Schaden war gering, weil in dem Sack, den die Räuber mitgenommen hatten, nur Gemüse war.

Text 2

Ein Polizist hatte gerade seinen Dienst beendet und ging gemütlich durch eine große Einkaufsstraße nach Hause. Da sah er, wie aus einer Wohnung im zweiten Stock dunkler Rauch drang. Er ging in das Haus, suchte die Tür und klingelte. Ein verschlafener Mann mittleren Alters öffnete. Er hatte Pommes frites zubereiten wollen und war, während die Stäbchen auf dem Herd brutzelten, eingeschlafen. Zum Glück hatte der Brand noch nicht auf die Einrichtung übergegriffen und konnte schnell gelöscht werden. Dem Polizisten fiel aber auf, dass der Mann überaus nervös zu sein schien, was ihm eigenartig vorkam. Obwohl es nur ein unbestimmter Verdacht war und er eigentlich dienstfrei hatte, kehrte der Polizist zu seiner Wachstube zurück und forschte nach. Wie sich herausstellte, war der Mann ein Einbrecher, nach dem gefahndet wurde.

Text 3

In einem großen Wohnhaus in einer europäischen Hauptstadt schwebte Falschgeld aus dem dritten Stockwerk. Das kam so: Die Polizei hatte einen Hinweis auf eine Fälscherwerkstatt in eben diesem Haus bekommen und rückte mit Blaulicht und Sirene aus. Als die Fälscher das Ankommen der Polizeiwagen bemerkten, mussten sie die Scheine, die sie gerade in der Wohnung hatten, verschwinden lassen. Sie zu verbrennen oder die Toilette hinunterzuspülen hätte zu lang gedauert. Also öffneten sie das Fenster und warfen alles Falschgeld, das sie fanden, in den Hof. Freilich nützte ihnen das wenig, denn die Maschinen, mit denen sie das „Geld“ gedruckt hatten, waren ja noch vorhanden. Auch vom Falschgeld fanden sich noch Reste, obwohl die übrigen Hausbewohner viel davon eingesammelt hatten.

Texte

Durchführung:
Die Schülerin oder den Schüler umblättern lassen. Das Heft so falten, dass jeweils nur ein Text sichtbar ist. Die Texte ab Seite 5 im Schülerheft werden jeweils einzeln nach folgender Anleitung bearbeitet und besprochen. Die Lesezeit wird dabei für jeden Text getrennt gemessen.
Achtung! Bei den Texten ist einmaliges, auf den Inhalt konzentriertes Lesen vorgesehen. Es ist anzunehmen, dass die meisten Schülerinnen und Schüler spontan beginnen, den Text laut vorzulesen. Das muss sofort gestoppt werden.

Anleitung geben:
„Du brauchst mir den Text nicht vorzulesen. Lies ihn selbst so, wie es für dich am besten ist, laut, leise oder halblaut, so, dass du nachher weißt, was darin steht. Du darfst ihn nur einmal lesen."

Wenn das unklar ist, noch einmal besprechen, bevor zu lesen begonnen wird. Dann die Zeitnahme starten.

Nach dem einmaligen Lesen den Text abdecken oder das Heft umdrehen lassen und fragen: „Kannst du mir die Geschichte jetzt erzählen?"

Wenn das nicht geht, Frage:
„Woran erinnerst du dich?" oder
„Erinnerst du dich an noch etwas?"

Ermutigen, auch Bruchstücke wiederzugeben!

Lesezeit und von der Schülerin/dem Schüler wiedergegebene Textinhalte auf den folgenden Seiten festhalten. Es wird empfohlen, Beobachtungen über das Leseverhalten zu notieren (lautes/leises Lesen, Ängstlichkeit etc.).

Text 1

Lesezeit: _______ Minuten _______ Sekunden

Bitte ankreuzen, welche Inhalte wiedergegeben werden:

Sinnerfassung:

- ☐ Ein Supermarkt wurde überfallen.
- ☐ Die Räuber nahmen einen Kunststoffsack (Einkaufstüte).
- ☐ In dem Sack war nur Gemüse.

Details:

- ☐ Holland
- ☐ kurz vor Ladenschluss
- ☐ Tränengas ins Gesicht
- ☐ zwei Räuber (Männer)
- ☐ Revolver (Pistole)
- ☐ Die Kassiererin rief die Polizei.

Zusatzfrage (nur bei Bedarf stellen):

- ☐ Warum nahmen die Männer den Sack mit dem Gemüse?

Antwort: Er stand unter der Kasse oder Sie glaubten, es sei Geld darin.

Beobachtungen:

____

____

____

____

Text 2

Lesezeit: _______ Minuten _______ Sekunden

Bitte ankreuzen, welche Inhalte wiedergegeben werden:

Sinnerfassung:

- ☐ Ein Polizist sah Rauch aus einem Fenster dringen.
- ☐ Der Mann in der brennenden Wohnung war ein Einbrecher (oder: Verbrecher).

Details:

- ☐ Der Polizist war auf dem Heimweg.
- ☐ Der Mann war eingeschlafen.
- ☐ Die Wohnung war im zweiten Stock.
- ☐ Der Brand war rasch gelöscht.
- ☐ Der Mann hatte Pommes frites gebacken.
- ☐ Der Polizist ging zur Wachstube.

Zusatzfrage (nur bei Bedarf stellen):

- ☐ Warum wurde der Polizist misstrauisch?

  Antwort: Der Mann war sehr nervös.

Beobachtungen:

____

____

Text 3

Lesezeit: _______ Minuten _______ Sekunden

Bitte ankreuzen, welche Inhalte wiedergegeben werden:

Sinnerfassung:

- ☐ Falschgeld flog aus einem Fenster.
- ☐ Die Polizei kam mit Blaulicht und Sirene.
- ☐ In der Wohnung waren Druckmaschinen.

Details:

- ☐ Das Falschgeld flog aus dem dritten Stock.
- ☐ Es war in einer europäischen Hauptstadt.
- ☐ Die Polizei hatte einen Hinweis bekommen.
- ☐ Die Fälscher warfen das Geld in den Hof.
- ☐ Die Hausbewohner sammelten das Falschgeld ein.
- ☐ In der Wohnung war noch Falschgeld.

Zusatzfrage (nur bei Bedarf stellen):

- ☐ Warum wurde das Geld aus dem Fenster geworfen?

  Antwort: Es musste schnell gehen oder Sie hatten es eilig.

Beobachtungen:

____

____